无所谓套装

[美]西尔维亚·普拉斯 著

小武 绘　南丁 译

北京联合出版公司
Beijing United Publishing Co.,Ltd.

麦克斯·尼克斯今年七岁，是七个兄弟中最小的一个。

最早出生的是保罗，
七兄弟里他的个子最高。

接着是埃米尔，

然后是奥托、

华特

Paul　　Emil　　Otto　　W

麦克斯是最晚出生的，
他的全名叫麦克斯米利安，
但是他才七岁，
不需要这么复杂的名字，
所以大家都叫他麦克斯。

麦克斯和尼克斯妈妈、尼克斯爸爸，
加上六个哥哥住在一个叫作
温克伯格的小村子里，
村子坐落在一座陡峭高山的半山腰上。

还有雨果、

乔安。

er　　Hugo　　Johann　　Max

这座山有三个山峰，
无论冬夏，
山尖上都覆盖着
香草冰激凌似的白雪。
当夜晚来临，明亮的圆月
像一个橙色的气球升到空中，
你能听到从麦克斯家上方
黑暗的松树林里，
远远传来狐狸的叫声。

在阳光闪耀的晴天里，
你能看到波光粼粼的河流，
在山谷里遥遥冲你眨眼，
像一条细长的银色缎带。

麦克斯很喜欢他的家乡。
麦克斯也很开心，
但只有一件烦心事。
在这个世界上，
麦克斯·尼克斯最想要的
就是一套属于他自己的套装。

他有一件绿色的毛衣，
一双绿色的羊毛袜
和一顶绿色的打猎时戴的毡帽，
上面还插着一根火鸡的羽毛。
他甚至还有一条上好的皮灯笼裤，
装饰着用骨头做的扣子。

但是大家都清楚，
一件毛衣加上一条灯笼裤
可算不上套装——
套装应该是量身定做的，
有成套的长裤和短外套才对。

在温克伯格，从东到西，从南到北，从上到下，
无论走到哪儿，麦克斯·尼克斯都能看到人们穿着套装。

有的人穿着套装
参加婚礼，
潇洒的套装搭配着
丝绸制的条纹马甲。

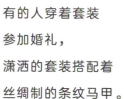

有的人穿着
亚麻做的夏季套装，
好像信纸一样
洁白挺括。

有的人穿着套装
去滑雪，
袖口和领口绣着一排排
雪花或是雪绒花。

无所谓套装

蛋陶陶　樂府

随心而行，精彩无限

《无所谓套装》导读

感谢编辑慧眼识珠，把美国诗人西尔维亚·普拉斯的一则童话变成了一本趣味盎然的图画书。普拉斯才华横溢，虽然她自己短暂的一生密布抑郁的阴霾，但她为孩子们写的这个故事却阳光灿烂，灌注了满满的温暖。而这本由中国译者和中国绘者共同创造的绘本更是以新颖独特的方式给这个故事带来了光芒四射的活力。文字文本采用了分行排列的自由诗体，跃动着语言和故事本身的欢快节奏；绘画色彩明亮、角色形象夸张幽默，鲜明地渲染了故事内在的游戏性。

套装，是麦克斯的梦想。他想要拥有自己的套装，实质是要拥有自己的身份，是在追求独立和平等。比他大的人都有正儿八经的套装，而他没有，小小的他会感觉自己被轻视，穿上套装也是一种"长大"的标志。关于套装，麦克斯有着不一般的设想，他想要的是一套一年四季都能穿的套装，一套做任何事情都能穿的套装，而不是那种只能在某一个特定时节、特定场合中穿的套装，他的设想超越了人们通常所穿的套装的局限。可见，麦克斯有自己独特的想法，而且不拘一格、思路开阔。

给麦克斯带来意外之喜的是，一个神秘礼物盒送来了一身前所未有的漂亮黄套装，而这身原本适合大人身材的套装最后不断被裁小，成了最小的麦克斯的专享套装。这个故事扩展

了民间故事中三兄弟的情节模式，用复沓的结构层层铺展，将爸爸及六个哥哥同最小的弟弟进行对比，呈现他们对待奇装异服的不同态度，这一态度联系着他们的思想和风格。爸爸和哥哥们个个顾虑重重，生怕穿上这种抢眼的套装会被"另眼相看"，他们担心的是"其他人会怎么看"，甚至鱼儿、狐狸等动物会怎么看。他们的顾虑来自太在乎"他人的目光"，已经把自己装在了别人的目光——甚或是自己想象中的别人可能有的目光的套子里。实际上是因为他们不敢与众不同，不敢标新立异，宁可墨守成规、随波逐流。他们对这些外在评价的"有所谓"，让他们压抑了真实的愿望，放弃了自我。

只有麦克斯对那些"无所谓"，他只跟从自己的心愿，心满意足地穿上这身"绝妙的、羊毛制的、毛茸茸的、全新的、芥末黄色的无所谓套装"，去做了爸爸和哥哥们顾虑重重的事情，而结果与他们的担心恰恰相反，尽管有时会发生一点小麻烦，但那无关紧要。麦克斯的"无所谓"态度，不仅给他带来了随心所欲、自由自在地"做自己"的愉悦感，而且为他赢得了欣赏者、羡慕者和追随者。图画中的一个幽默之处是，原先那只跟随麦克斯的小狗光着身子，而到最后也穿上了鲜亮的外套，可谓"近朱者赤"。在活泼明快的故事进展中，小不点儿麦克斯特立独行、无所畏惧的强大内心熠熠生辉，魅力无穷。

同书里的麦克斯一样，我在少女时代也有个类似的愿望，想要拥有一条属于自己的裙子，而不是总穿姐姐们穿剩的旧衣服——不仅因其旧，而且因为感觉那"不是我"。后来，我用

攒了好久的零花钱去集市给自己买了条鲜艳夺目的红裙子，但是当我激动而又忐忑地穿上，邻居随意说了句"红得像火一样"，我的脸就烧成了火，从此，我梦寐以求的第一条属于自己的漂亮裙子就被永远地压在了箱底。如果当初我能像麦克斯穿着他那鲜亮的黄套装出门那样"无所谓"，那我就不会遗憾地错过了一个本可绽放的火红时节。

我们在长大的过程中，会在不知不觉中给自己加上很多不必要的束缚，很容易迷失在"别人的目光"里，被"别人的目光"所绑架而失去了做自己的勇气。其实，这个世界上，真正能告诉我们该去做什么的，只有自己真实的内心所向，要有独立的心、勇敢的心、智慧的心及洒脱的心，因为有些东西真的可以"无所谓"，当我们明白了哪些"无所谓"，哪些是值得我们追求的"有所谓"，有"我在"的精彩绝伦的人生就会无限开放！

谈凤霞
南京师范大学文学院教授、博士生导师
儿童文学评论家

这是我们的无所谓套装，你的呢？

姓名：_____
年龄：_____

有的人穿着套装
去干活儿，
棕色或是灰色的套装
结实耐用。

尼克斯爸爸和保罗、
埃米尔、奥托、华特、雨果
还有乔安都有自己的套装。

在这座山上生活的每个人
都拥有这样或那样的套装，
只有麦克斯是个例外。

麦克斯不想要一套
只能工作时穿的套装
（那太朴素了）
或只能婚礼时穿的套装
（那又太华丽了）
或只能滑雪时穿的套装
（那也太厚了）
或只能夏天穿的套装
（那又太薄了）

他想要一套一年四季都能穿的套装，
他想要一套做任何事情都能穿的套装。

在生日和节日时穿不会太朴素，
在上学或放牛时穿不会太华丽，
在七月爬山时穿不会太热，
滑雪时穿又不会冻着自己。

如果麦克斯有一套
一年四季都能穿的套装，
那么无论是
肉贩或是面包师，
铁匠还是金器商，
裁缝还是修补匠，
酒馆的老板娘、
学校的老师、
杂货铺老板和好太太们，
还有牧师和市长，

温克伯格的所有人
都会在他经过时凑到窗前。
"看哪！"
他们会交头接耳地悄声说，
"麦克斯米利安穿着他那
精彩绝伦的套装来了！"

如果麦克斯有一套
做什么事情时
都能穿的套装，
温克伯格胡同里的猫咪
和石子路上的小狗
都会一路跟在他身后，
发出羡慕的
咪咪呜呜声。

这一天，麦克斯正幻想着这样一套套装，
温克伯格的邮差敲响了尼克斯家的大门，
送来了一个大包裹。

包裹看起来是个长长扁扁的盒子，
用结实的棕色包装纸包着，
外面系着红色的绳子。
包裹上写着三个黑色的大字，
麦克斯一个字一个字地读了出来：

尼——克——斯——

但是前面的名字被雨水打湿了，
连温克伯格的邮差也认不出来，
所以没人知道这个包裹是
寄给尼克斯家里谁的。

尼克斯妈妈刚刚烤好了一炉杏肉馅饼，

大家围坐在餐桌边，

一边好奇着包裹究竟是寄给谁的、

是谁寄来的、里面装着什么，

一边一个一个吃完了馅饼。

这会儿不是圣诞季，所以应该不是圣诞礼物。

最近也没有人过生日，所以也不是生日礼物。

"这个太短了，"保罗说，"所以应该不是滑雪板。"

"这个太小了，"埃米尔说，"所以应该不是长雪橇。"

"这个太轻了，"奥托说，他轻松地举起了包裹，

"所以应该不是自行车。"

"这个太宽了，"华特说，"所以不是钓鱼竿。"

"这个太大了，"雨果说，"所以不是猎刀。"

乔安把耳朵贴在包裹上，摇了摇，

"声音太轻了，"他说，"所以不是牛铃铛。"

麦克斯什么也没说，这东西太精美了，

他想，这不可能是我的。

等到杏肉馅饼都吃完了，大家也没猜出来包裹里是什么。

"咱们把它打开吧。"大家说。
尼克斯爸爸解开了红绳。
尼克斯妈妈拆开了棕色的包装纸，
里面包着的是一个灰色的硬纸盒。
保罗打开了纸盒，里面塞了很多白色的薄纸。
埃米尔、奥托、华特、雨果、乔安还有麦克斯
一起帮忙把上面的薄纸拿到了一边。

在灰色的盒子里，一堆白白的薄纸
包裹着一套羊毛制的、
　　　　毛茸茸的、
　　　　全新的、
　　　　芥末黄色的
　　　　套装。

上衣正面三颗用黄铜做的纽扣
像镜子一样闪着光，背后还有两颗，
两个袖口也各有一颗纽扣。

"好奇怪的套装，"尼克斯爸爸说，
"我从来没见过这样的衣服。"

"布料是好布料，"尼克斯妈妈一边说，
一边用大拇指和食指捻了捻黄色的羊毛面料，
"这套装可不容易破。"

"这套装真帅气！"保罗说。
"像羽毛一样轻！"埃米尔说。
"像黄油一样亮！"奥托说。
"像烤面包一样暖和！"华特说。
"就是棒！"雨果说。
"完美！"乔安说。
"天哪！"麦克斯说。
七兄弟谁都希望能拥有一套这样的套装。

但是套装看起来像是尼克斯爸爸的尺码，
所以尼克斯爸爸先穿上试了试。
外套的肥瘦正好，裤子的长短正好，
尼克斯爸爸穿上正正好。

"明天我要穿着这套装去上班。"他说。
尼克斯爸爸在银行工作，
他想象着穿着这套羊毛制的、
毛茸茸的、全新的、芥末黄色的套装
去上班会是什么样子。

温克伯格从来没有人见过这样的套装，
人们会怎么说？

他们会不会觉得
一个正常的银行职员穿成这样
太轻佻了？
那些黄铜纽扣闪亮得
像金币一样。
其他的银行职员都穿着
深蓝色或者深灰色的套装。
从来没有人穿过芥末黄色的套装。

最终尼克斯爸爸叹了口气说道：
"我年纪太大了，不适合穿芥末黄色的套装了。"
保罗屏住了呼吸。
"把套装给保罗吧。"尼克斯爸爸说。

保罗穿上了芥末黄色的套装。

保罗和尼克斯爸爸一样高，
所以裤子穿上刚刚好。
但他的身材不如尼克斯爸爸壮实，
所以外套松松垮垮地挂在他的身上。
多亏尼克斯妈妈的针线活非常厉害。
她把这里折一折，那里缝一缝，
等妈妈改完，保罗穿着套装
就正正好了。

"我明天要穿着套装去滑雪。"他说。

保罗经常和朋友们一起去滑雪。
他想象着自己穿着这套羊毛制的、
毛茸茸的、全新的、芥末黄色的套装
去滑雪会是什么样子。

温克伯格从来没有人见过这样的套装，

朋友们会怎么说？

也许他们会觉得黄色的滑雪服太傻气了。
他看起来会像是雪地里冒出来的一丛向日葵。
他的朋友们都穿着红色或者蓝色的滑雪服。
从来没人穿过芥末黄色的滑雪服。

最终保罗叹了一口气说：
"我年纪也太大了，不适合穿芥末黄色的套装了。"
埃米尔屏住了呼吸。
"让埃米尔试试吧。"保罗说。

埃米尔穿上了芥末黄色的套装。

埃米尔跟保罗一样壮，
但要矮一些。
袖子和裤脚盖住了他的手脚。
但是尼克斯妈妈
把这里折一折，那里缝一缝。
不一会儿，埃米尔身上的套装
就正正好了。

"我明天要穿着套装去参加雪橇比赛。"他说。

埃米尔是温克伯格雪橇队的一员。
每个月温克伯格雪橇队都会
和山另一边的小镇进行一次雪橇比赛。
他想象着自己穿着这套羊毛制的、
毛茸茸的、全新的、芥末黄色的套装
去参加比赛会是什么样子。

温克伯格从来没有人见过这样的套装，

其他的队员会怎么说？

也许他们会觉得自己穿着芥末黄色的套装是在炫耀。
他看起来会像是在赛道上飞驰而过的一道闪电。
其他的队员们都穿着棕色的拉链夹克和棕色的裤子。
从来没有人穿过芥末黄色的套装。

最终他叹了一口气说道：
"我年纪也太大了，不适合穿芥末黄色的套装了。"
奥托屏住了呼吸。
"说不定奥托穿正合适。"埃米尔说。

奥托穿上了芥末黄色的套装。

奥托和埃米尔差不多高，
只是他的肩膀没有那么宽。
外套显得有一点肥。
但是尼克斯妈妈
把这里折一折，那里缝一缝。
等妈妈改完，这套衣服奥托穿上
就正正好了。

"我明天要穿着套装去送报纸。"他说。

奥托每天都骑着自行车送报纸。
他想象着自己穿着这套羊毛制的、
毛茸茸的、全新的、芥末黄色的套装
去送报纸会是什么样子。

温克伯格从来没有人见过这样的套装，

他的顾客们会怎么说？

他们会不会觉得一个报童穿成这样太华丽了？
万一衣服溅上泥或者淋了雨怎么办，
那他看起来该有多狼狈啊！
其他的报童都穿着他们的旧衣服送报纸。
他们谁也没穿过崭新的、芥末黄色的套装。

最终奥托叹了一口气说道：
"我的年纪也太大了，不适合穿芥末黄色的套装了。"
华特屏住了呼吸。
"我能穿的话，华特应该也能穿。"奥托说。

华特穿上了芥末黄套装。

华特比奥托矮一点
又瘦一点。
但是尼克斯妈妈
折折这里，缝缝那里，
又把黄铜纽扣往上移了几厘米，
等妈妈改完，华特身上的衣服
就正正好了。

"我明天要穿着套装去冰钓。"他说。

冬天里华特经常去温克伯格湖上冰钓。
他想象着自己穿着这套羊毛制的、
毛茸茸的、全新的、芥末黄色的套装
去冰钓会是什么样子。

温克伯格从来没有人见过这样的套装，
鱼儿们会怎么想？

透过冰面，明亮的套装就像阳光一样耀眼，
会不会把它们吓跑？
其他伙伴去钓鱼，
会在夏天穿上绿色的套装，这样鱼儿就会以为他们是树叶；
冬天穿上棕色的套装，鱼儿就会以为他们是树干。
从来没人穿过芥末黄色的套装。

最终华特叹了一口气说道：
"我年纪也太大了，不适合穿芥末黄色的套装了。"
雨果屏住了呼吸。
"说不定雨果会喜欢。"华特说。

雨果穿上了芥末黄套装。

雨果比华特矮了很多，
但是尼克斯妈妈
用剪刀这里剪一点，那里修一下，
再把线头藏在里面。
等她改完，雨果穿上这套装
就正正好了。

"我明天要穿着套装去打猎。"他说。

雨果经常去温克伯格的高山上抓狐狸，
因为狐狸会偷温克伯格肥美的小母鸡。
他想象着自己穿着这套羊毛制的、
毛茸茸的、全新的、芥末黄色的套装
去猎狐狸会是什么样子。

温克伯格从来没有人见过这样的套装，

狐狸会怎么想？

说不定狐狸会藏在洞里笑话他。
他的黄铜纽扣会像灯笼一样远远地发出亮光，
提醒狐狸藏起来。
其他的猎人都穿着方格或者斑点的套装，
这样在森林中斑驳的树荫里他们才不会轻易被狐狸发现。
从来没有人穿过芥末黄色的套装。

最终雨果叹了口气说道：
"我的年纪也太大了，不适合穿芥末黄色的套装了。"
乔安屏住了呼吸。
"让乔安试一试吧。"雨果说。

乔安穿上了这套芥末黄套装。

乔安比雨果矮一点
也胖一点。
尼克斯妈妈
这里剪一剪，那里修一修，
又把扣子往外移了移。
等妈妈改完，这件衣服乔安穿上
就正正好了。

"我明天要穿着套装去挤牛奶。"他说。

乔安和六个兄弟轮流帮尼克斯爸爸挤牛奶。
他想象着自己穿着这套羊毛制的、
毛茸茸的、全新的、芥末黄色的套装
去挤牛奶会是什么样子。

温克伯格从来没有人见过这样的套装，

奶牛们会怎么想？

也许它们会以为他是一捆毛毛糙糙的干草，
跑来吃他的衣领。
其他人都穿着蓝色的工作服去挤奶。
从来没人穿过芥末黄色的套装。

最终乔安叹了口气说道：
"就连我的年纪也不适合穿芥末黄色的套装了。"

麦克斯这时都要忍不住跳起来了，
但他还是一动不动，静静地等着，看会发生什么。

"麦克斯没有套装。"乔安说。

"对啊!"尼克斯爸爸说。

"可不是嘛!"尼克斯妈妈说。

"这应该是麦克斯的套装!"

大家一边点头一边笑着说。

麦克斯穿上了这套芥末黄套装。

他是兄弟里最矮最瘦的一个，
但是尼克斯妈妈
把衣服剪了剪，缝了缝，折了折，
然后再把扣子移了移。
等妈妈改完后，这套衣服就好像是
为麦克斯量身定做的一样。

"我要一直穿着这套衣服，"麦克斯说道，
"今天穿，明天穿，以后天天都要穿。"

麦克斯穿着他的芥末黄套装去上学。

无论走路还是坐下，

他的身板儿都挺得笔直，

不一会儿，同学们就

都想要一套和麦克斯一样的套装。

尽管在这之前，温克伯格的人

谁也没见过这样的套装，

这都是无所谓的。

麦克斯穿着他的芥末黄套装去滑雪。他摔了一个屁蹲儿一路坐着滑下来，但是裤子的布料很结实，一点儿都没破，所以

这是无所谓的。

一下子就滑下去了。所以
雨滴滴到他的背上，
正巧碰上下雨，
麦克斯穿着他的芥末黄套装去骑车。
就像滴在鸭子的背上，

无所谓 的啦。

麦克斯穿着他的芥末黄套装去冰钓。
　　鱼儿们都聚集过来，
　　想看看是什么在冰的那一边闪闪发光，
　　麦克斯抓到了好多鱼当晚餐。
　　大家都忙着羡慕麦克斯的鱼，
　　谁也没注意到他的套装上沾了一点鱼鳞，所以

这是无所谓的。

麦克斯穿着他的芥末黄套装去坐雪橇。

他不止一次翻倒在大雪堆里，

但是羊毛制的套装让他暖洋洋的，所以，

这也 无所谓呀。

麦克斯穿着他的芥末黄套装去抓狐狸。狐狸看到树丛里穿梭着一道黄色的影子，

以为他是一只肥肥胖胖的温克伯格大黄鸡，流着口水向他跑过来。

麦克斯抓住了狐狸。他的一颗铜纽扣掉进了灌木丛里，

但是那颗纽扣在黑暗的森林里闪闪发光，

就像一颗小星星，

他一下子就找到了，

所以

这是无所谓的呀。

麦克斯穿着他的芥末黄套装去挤牛奶。

他的套装闪耀着太阳光般的色彩，让奶牛们梦到了春天草原上盛开的金凤花和小雏

麦克斯挤了满满三桶牛奶，温克伯格从来没有人挤出过这么香浓的牛奶

他的套装上沾上了几根干草，但是干草是黄色的，套装也是黄色

福地哞哞叫。

本看不出来，所以

这都是无所谓的呀！

麦克斯无论走到哪儿

都穿着他的芥末黄套装。

他经过的地方，
无论是肉贩或是面包师，
铁匠还是金器商，
裁缝还是修补匠，
酒馆的老板娘、

温克伯格镇上
胡同里的小猫
和石子路上的小狗
都跟随着麦克斯的脚步，
咪咪呜呜地叫着，
羡慕他那

绝妙的、
羊毛制的、
毛茸茸的、
全新的、
芥末黄色的
无所谓套装。

图书在版编目（CIP）数据

无所谓套装 /（美）西尔维亚·普拉斯著；小武绘；
南丁译 . —— 北京：北京联合出版公司，2022.8（2024.11 重印）
ISBN 978-7-5596-6028-2

Ⅰ . ①无… Ⅱ . ①西… ②小… ③南… Ⅲ . ①儿童故
事 – 图画故事 – 美国 – 现代 Ⅳ . ① I712.85

中国版本图书馆 CIP 数据核字 (2022) 第 049144 号

无所谓套装

作　　者：［美］西尔维亚·普拉斯	责任编辑：龚　将
译　　者：南　丁	责任印制：耿云龙
题　　字：小　武	特约编辑：王雨青　巫莎莎
绘　　图：小　武	装帧设计：叶嘉欣
特约审读：朱迪婧	营销编辑：王雨青　费雅玲
出 品 人：赵红仕	策　　划：乐府文化 × 且陶陶工作室

北京联合出版公司出版
（北京市西城区德外大街 83 号楼 9 层　100088）
北京联合天畅文化传播公司发行
北京启航东方印刷有限公司印制　新华书店经销
字数 5 千　710mm×1000mm　1/16　4.5 印张
2022 年 8 月第 1 版　2024 年 11 月第 5 次印刷
ISBN 978-7-5596-6028-2
定价：59.80 元